2008 年 高考美术试题剖析

色彩卷

李岸　编著

湖南美术出版社

图书在版编目（CIP）数据

2008年高考美术试题剖析·色彩卷/李岸编著.
—长沙：湖南美术出版社，2008.9
ISBN 978-7-5356-3033-9

Ⅰ．2...Ⅱ．李...Ⅲ．水粉画—技法（美术）
—高等学校—入学考试—自学参考资料 Ⅳ．J2

中国版本图书馆CIP数据核字（2008）第145151号

2008年高考美术试题剖析·色彩卷

编　　著：李岸
责任编辑：吴海恩
出版发行：湖南美术出版社
　　　　　（长沙市东二环一段622号）
经　　销：湖南省新华书店
印　　刷：深圳华新彩印制版有限公司
　　　　　（深圳市龙华工业东路利金城科技工业园5栋）
开　　本：889×1194　1/16
印　　张：5
版　　次：2008年10月第1版
　　　　　2008年10月第 1 次印刷
印　　数：1—8000册
书　　号：ISBN 978-7-5356-3033-9
定　　价：30.00元

【版权所有，请勿翻印、转载】
邮购联系：0731—4787105
邮　　编：410016
网　　址：http://.www.arts-press.com/
电子邮箱：market@arts-press.com
如有倒装、破损、少页等印装质量问题，请与印刷厂联系斠换。

目录

色 彩 应 试 指 南

我们在色彩应试前需要准备一些必要的工具，例如：

1. 颜料：商店里出售的颜料有锡管和瓶装的两种，目前我们使用的颜料主要以上海"马利"、武汉"植英斋"和天津"温莎牛顿"为主。一般应试时准备20~24色颜料就够了。（注意白色、柠檬黄要多准备一瓶备用。）

2. 画笔：水粉画的画笔要求不太高，如：油画笔、水粉笔、水彩笔、尼龙笔均可使用。水粉笔分狼毫、兼毫两种，狼毫毛鬉挺括，表达自然；兼毫比羊毫硬一些，比狼毫软，蘸色比较饱满，宜于铺大色调。油画笔毛鬉比较硬，笔触比较明确，适于对物体深入刻画。水彩笔毛鬉很软，吸水量大，蘸色很充足，常适于薄画法和铺大底色。另外还需准备一两支小毛笔，刻画小细节。

3. 调色盒：一般以长方形24色调色盒为佳，另准备一块调色板。调色盒内颜料盛放最好按照色相明度由高到低和冷暖变化顺序为佳。

4. 画桶：画水粉画，水桶是不可少的，一般有塑料桶和折叠桶两种，考试应选择折叠桶，因为携带较为方便。

5. 铅笔：准备4B左右铅笔一支，用来构图起稿。

6. 透明胶：这也是必备的工具，使用它可使整个纸面平展，方便表现画面。

7. 定画液：是一种重要的工具，水粉画干湿变化较大，喷上定画液可使画面响亮明快。

8. 画板：一般考场不会提供，可自带。

9. 画架：这种准备也要考虑，如果所处的位置坐着看不到静物或其他考试要求的内容，可使用画架。

考场禁忌物品

1. 纸：考试时我们不要自带水粉纸，因为考场会提供考试用纸，自带纸张有时会被监考老师误认为作弊。

2. 相关参考书：这是严禁带入考场的，因为考场规定自带参考书是一种严重的作弊行为。

3. 手机、ＢＰ机等：这些也是忌带物品。在考试过程中，考生应该与外面断绝联系，有些考场并未做严格规定，但监考老师要求关机，以便使整个考场保持安静。

2008年美术院校色彩考试的基本类型

一、全静物写生
清华大学美术学院、景德镇陶瓷学院、北京交通大学

二、半静物写生
河南省美术联考、湖北省美术联考、湖南理工大学、湖南省美术联考

三、静物默写
中国美术学院、南京艺术学院、江南大学、北京服装学院

四、主题性默写
大连工业大学、天津大学、贵州师范大学

五、风景默写
沈阳航空工业学院、浙江理工大学、重庆邮电大学

六、人物头像默写
广西师范大学、天津美术学院

花与石榴　*李岸*

有关陶罐、沙锅的试题

四川大学
静物默写：深色**陶罐**一个，菜板一个，菜刀一把，啤酒瓶一个，玻璃杯一个(内盛啤酒)，水果和蔬菜若干，白色、红色衬布各一块。
用纸：8开
时间：3小时

郑州大学
静物默写：深色**陶罐**一个，白瓷盘一个，玻璃杯一个（内盛可乐），苹果两个，橘子三至五个，浅色衬布一块。
用纸：8开
时间：3小时

中央民族大学
静物默写：**陶罐**一个，苹果两个，梨子两个，盘子一个。
用纸：8开
时间：3小时

中国美术学院（综合艺术专业）
静物默写：棕色**陶罐**一个，西红柿、洋葱若干，青菜一棵，白盘一个（内放一条鱼），衬布两块。
用纸：4开
时间：3小时

广西民族大学
静物默写：**陶罐**两个（一个深色的，一个浅色的），苹果四个，梨三个，白瓷一个，玻璃杯一个（内盛果汁），不同颜色的衬布两块，冷色调。
用纸：8开
时间：3小时

西安工业大学
静物默写：棕色**陶罐**一个，碗筷一副，玻璃杯一个（内盛半杯橙汁），苹果一个，灰色衬布一块。
用纸：8开
时间：3小时

江苏农业大学（江苏考点）
静物默写：**陶罐**一个，啤酒瓶一个，白菜一棵，鸡蛋三个，橘子两个，粉绿色、白色衬布各一块。
用纸：8开
时间：3小时

安徽大学
静物默写：**陶罐**一个，梨两个，橘子一个，玻璃高脚杯一个，水果刀一把，衬布两块，暖色调。
用纸：8开
时间：2.5小时

中央民族大学　静物默写：陶罐一个，苹果两个，梨子两个，盘子一个。

中国美术学院（新媒体专业）
静物默写：棕色**陶罐**一个，苹果一个，白盘一个（内放一片面包），粉绿色**陶缸**一个，米色、紫灰色衬布各一块。
用纸：8开
时间：3小时

长春师范大学
静物默写：**陶罐**一个，白盘一个（内放一片面包），高脚杯一个（内盛葡萄酒），苹果一个，橘子两个。
用纸：8开
时间：3小时

新疆师范大学（江苏考点）
静物默写：**陶罐**一个，白瓷盘一个，苹果三个，橘子两个，衬布两块，暖色调。
用纸：8开
时间：3小时

贵州师范大学（江苏考点）
静物默写：土红色**陶罐**一个，苹果三个，白盘一个，橘子两个，啤酒瓶一个，浅绿色、灰色衬布各一块。
用纸：8开
时间：3小时

四川理工大学
静物默写：深色**陶罐**一个，菜板一个，鱼一条，鸡蛋两个，玻璃杯一个（内盛葡萄酒），葱三根，浅色衬布一块。
用纸：8开
时间：3小时

湖北大学
静物默写：**陶罐**一个，啤酒瓶一个，碟子一个，苹果两个，梨子两个，玻璃杯一个，白色衬布一块。
用纸：8开
时间：3小时

贵州民族学院
静物默写：土**陶罐**一个，白盘一个，白菜一棵，苹果两个，鸡蛋两个，浅蓝色衬布一块。
用纸：8开
时间：3小时

晋中学院
静物默写：深色**陶罐**一个，鸡蛋两个，白盘一个，面包一块，餐刀一把，玻璃杯一个（内装半杯牛奶），蓝灰衬布、浅色衬布各一块。
用纸：8开
时间：3小时

中国美术学院（综合艺术专业）　静物默写：棕色陶罐一个，西红柿、洋葱若干，青菜一棵，白盘一个（内放一条鱼），衬布两块。

有关陶罐、沙锅的试题

长江师范学院
静物默写：**陶罐**一个，菜刀一把，酱油瓶一个，鸡蛋两个，碟子一个，面包一块，水果若干，白色、红色衬布各一块。
用纸：8开
时间：3小时

苏州大学
静物默写：淡红色**陶罐**一个，西瓜三片，橙子四个，白碟一个，面包三块，玻璃杯一个（内盛橙汁），灰色、红褐色衬布各一块。
用纸：8开
时间：3小时

陕西科技大学
静物默写：**陶罐**一个，高脚杯一个（内盛红酒），橘子若干，打开的书一本，浅色衬布一块。
用纸：8开
时间：3小时

浙江林学院
静物默写：**陶罐**一个，玻璃杯一个（内盛橙汁），苹果三个，梨子两个，白盘一个，深色、浅色衬布各一块。
用纸：8开
时间：3小时

南京艺术学院
静物默写：上釉**陶罐**两个，小橘子三个，山楂六个，啤酒瓶一个，红酒瓶一个，苹果一个，梨子三个，盘子一个，衬布三块。
用纸：4开
时间：3小时

贵州大学
静物默写：深红色**陶罐**一个，绿色啤酒瓶一个，白瓷盘一个，梨三个，青苹果四个，西瓜一片，衬布一块。
用纸：8开
时间：3小时

海南大学
静物默写：**陶罐**一个（无盖，无缺口），大白菜一棵，苹果三个，香蕉两支，浅黄色衬布一块。
用纸：8开
时间：3小时

琼州学院
静物默写：**沙锅**一个，**陶罐**一个，苹果两个，白盘一个，白色衬布一块。
用纸：8开
时间：3小时

湖北大学　静物默写：陶罐一个，啤酒瓶一个，碟子一个，苹果两个，梨子两个，玻璃杯一个，白色衬布一块。

兰州交通大学

静物默写：深色**陶罐**一个，芹菜一把，西红柿两个，红萝卜两个，白盘一个，白色、浅蓝色、深色衬布各一块。

用纸：8开

时间：3小时

沈阳师范大学

静物默写：黑色**陶罐**一个，盘子一个，刀一把，白梨两个，橘子三个，浅灰色衬布一块。

用纸：8开

时间：3小时

广西艺术学院

静物默写：黑色**陶罐**一个，苹果三个，梨三个，柑橘两个，深红色、浅黄色、白色衬布各一块。

用纸：8开

时间：3小时

南华大学（南通考点）

静物默写：浅色**瓷罐**一个，苹果四个，玻璃托盘一个，花一束，灰色衬布一块，冷色调。

用纸：8开

时间：3小时

长安大学

静物默写：浅色**陶罐**一个，深色花瓶一个（内插两枝玫瑰），苹果两个，易拉罐一个，葡萄若干，辞海一本，蓝灰色、白色衬布各一块。

用纸：8开

时间：3小时

天津工商大学

静物默写：浅色**罐子**一个，白盘一个，酒杯一个（内放果汁），苹果三个，橘子两个，西瓜一片。

用纸：8开

时间：3小时

辽宁工业大学

静物默写：黑色**瓷罐**一个，香蕉两支，苹果两个，橘子两个，玻璃杯一个（内盛半杯橙汁）。

用纸：8开

时间：3小时

北京服装学院

静物默写：深色**陶罐**一个，黄瓜两根，玻璃杯一个，茄子一个，土豆两个，西红柿三个，深色、浅色衬布各一块。

用纸：8开

时间：2.5小时

北京服装学院　静物默写：深色陶罐一个，黄瓜两根，玻璃杯一个，茄子一个，土豆两个，西红柿三个，深色、浅色衬布各一块。

有关陶罐、沙锅的试题

大连工业大学
静物默写：蓝色**陶罐**一个，苹果三个，橘子三个，樱桃五颗，不锈钢刀一把，灰绿色、白色衬布各一块。
用纸：8开
时间：3小时

湖北工业大学（江苏考点）
静物默写：深色**罐子**一个，玻璃杯一个（内盛橙色液体），白盘一个，勺子一个，橘子两个，香蕉一支，深色、浅色衬布各一块。
用纸：8开
时间：3小时

商丘师范学院
静物默写：黑色**陶罐**一个，葡萄酒瓶一个，白盘一个，水果、鸡蛋、面包若干。
用纸：8开
时间：3小时

天津大学
静物默写：画有**陶罐**的静物组合。
用纸：8开
时间：3小时

天津大学　静物默写：画有陶罐的静物组合。

广西艺术学院 静物默写：黑色陶罐一个，苹果三个，梨三个，柑橘两个，深红色、浅黄色衬布各一块。

陶罐、沙锅的画法

陶罐和沙锅，在历年高考的色彩考试中是很常见的。如：2008年一百余所艺术院校的高考色彩考试中，以陶罐为考题的有45例，所以考生一定要在这个方面多下工夫。从2008年的考试来看，该类题材一般是以默写的形式出现的。在默写前首先要注意陶罐和沙锅的色彩特征、造型和质感。一般陶罐和沙锅造型粗犷，色彩上纯度较低，色感较重，易作为主体物出现在考试中，所以一定不要掉以轻心，不然会直接影响分数。

在形体塑造方面，有的同学在作画时，不注意陶罐与沙锅的形体和比例，画得很"呆板"，造型不美观。在默写的过程中，应讲究用色，色彩不能太单调，要多变化，并注意边缘线的处理。有的同学画得很平板，主要是因为笔触没有放开，没有注意环境色的影响，以及对素描关系理解得不够。写生时物体的暗面画得要透气，注意细微的变化；灰面更要表现色彩的丰富性和固有色的变化；亮面表现要生动，特别

是高光的处理不能随意，应注意高光的大小、方圆、位置的准确度，还有行笔的快慢，从而起到画龙点睛的效果。

另外，许多同学作画时不注意陶罐和沙锅口的造型，画得过于毛糙。其实"口"在陶罐、沙锅的造型中非常重要，它能体现陶罐和沙锅的厚度，是表现质感的一个重要部分。在素描关系中，"口"是一个转折面，往往有高光或亮部在此处出现，所以画"口"时用笔一定要干脆、利落。

在用色方面，画陶罐和沙锅时常会出现以下两个问题。首先是容易画"粉"。"粉"主要是由于作画过程中没有把握好用色，色彩中的黑色、白色、灰色的层次没有拉开。作画过程中应注意不要轻易使用白色（白粉），特别是画暗部时不宜用白色，绘制灰部和亮部时使用白色则一定要色相明确。其次是画面太"脏"。"脏"主要是因为表现陶罐和沙锅的色彩过杂，导致色相不明、色性减弱，所以画陶罐和沙锅时色调种类

单个物体练习演示　谭昊

不宜过多，注意少用对比色调，多用同类色或类似色把握。在表现深色陶罐时应以深色、暗色为主调。例如：在画一个深黑色陶罐时，色调可以普蓝和深红为主，以湖蓝、紫色、赭石、淡绿为辅。

在质感表现方面，与绘画中物体质感的表现有关的直接要素有色彩的纯度、环境色的强弱以及绘画的用笔等。用来写生的陶罐可分为上釉的与不上釉的两种，上釉的陶罐在色彩变化上受环境色影响较大，而没有上釉的陶罐受环境色的影响较小，固有色表现得更明显。沙锅一般与没上釉的陶罐相似，都是粗陶制成的，反光较弱，固有色表现力强，所以在表现这一类物体时色彩纯度要降低，用色尽量厚重，用笔尽量果断。

单个物体练习演示（局部）

陶罐与桃子　李岸

陶罐、面包和水果　王粒钧

陶罐与水果　王粒钧

陶罐静物组合　朱亚楠

有关花瓶的试题

长安大学
静物默写：深色**花瓶**一个（内插两枝玫瑰），浅色陶罐一个，苹果两个，易拉罐一个，葡萄若干，辞海一本，蓝色、白色、灰色衬布各一块。
用纸：8开
时间：3小时

中国地质大学（武汉考点）
静物默写：玻璃**花瓶**一个，鲜花一束（内插一枝黄菊花），苹果两个，深色衬布一块。
用纸：8开
时间：3小时

山东工艺美术学院
静物默写：**花瓶**一个，鲜花一束，杂志若干本，衬布一块。
用纸：8开
时间：2.5小时

太原工业学院
静物默写：**瓷花瓶**一个，三种水果共五个，不同色彩衬布两块。
用纸：8开
时间：2.5小时

桂林工学院
静物默写：玻璃**花瓶**一个（内插一束黄色菊花），橘子若干，白盘一个，不锈钢勺子一把，白色、蓝色衬布各一块。
用纸：8开
时间：2.5小时

中国美术学院（绘画专业）
静物默写：《窗台前的**一瓶花**》。要求：画面中有茶杯一个，橘子两至三个，光线为侧光，可适当画出窗帘。
用纸：4开
时间：3小时

云南艺术学院
静物默写：**花瓶**一个，鲜花一束，水果一个，衬布一块，暖色调。
用纸：8开
时间：3小时

福建师范大学
静物默写：深色**花瓶一个**，玫瑰三枝，不锈钢保温杯一个，旧的发黄书一本，钢笔一支，眼镜一副，蓝色、白色衬布各一块。
用纸：8开
时间：3小时

太原工业学院　静物默写：瓷花瓶一个，三种水果共五个，不同色彩衬布两块。

云南艺术学院 静物默写：花瓶一个，鲜花一束，水果一个，衬布一块，暖色调。

花瓶的画法

花瓶分两大类，一类是陶瓷花瓶，另一类是玻璃花瓶。陶瓷花瓶在画的过程中一定要注意造型美观，花瓶瓶口要小一些，瓶口要精细刻画，不要毛糙，这是体现花瓶厚度的重要环节，画时形要画准。因为陶瓷瓶光泽度好，在绘画时一定要注意颜色饱和，色调倾向性明确。陶瓷瓶比陶罐更容易受光源及周围物体的影响，所以光源色、环境色表现较明显，绘画时颜色湿度要适中，一定要注意色相在变化中的统一性。玻璃花瓶对环境色是非常敏感的。反光强、高光亮、透明度高，在画瓶口时只需"似连非连"地用色线画出来即可。用笔要准确、肯定，行笔要快，切勿迟疑。

有花瓶的静物（局部）

有花瓶的静物　李永昌

花瓶与水果　黄帆

有关可乐瓶、啤酒瓶、玻璃杯的试题

湖北工业大学（江苏考点）
静物默写：**玻璃杯**一个（内盛橙色液体），深色罐一个，白盘一个，勺子一个，橘子两个，香蕉一支，深色、浅色衬布各一块。
用纸：6开
时间：3小时

齐齐哈尔大学
静物默写：**玻璃杯**一个（内盛任何颜料水），沙锅一个，橘子三个，苹果三个，白盘一个，水果刀一把，白色、绿色衬布各一块。
用纸：8开
时间：3小时

南昌大学
静物默写：**玻璃杯**一个，茶壶一个，苹果三个，打开的鸡蛋两个，切开的茄子一个，深色、浅色衬布各一块。
用纸：8开
时间：3小时

四川理工大学
静物默写：**玻璃杯**一个（内盛葡萄酒），深色陶罐一个，菜板一个，鱼一条，鸡蛋两个，葱三根，浅色衬布一块。
用纸：8开
时间：3小时

郑州大学
静物默写：**玻璃杯**一个（内盛可乐），深色陶罐一个，白瓷盘一个，苹果两个，橘子三至五个，浅色衬布一块。
用纸：8开
时间：3小时

杭州师范大学
静物默写：**玻璃杯**一个（内盛液体颜色自定），苹果五个，罐子一个，啤酒瓶一个，水果刀一把，盘子一个，衬布一块。
用纸：8开
时间：3小时

长春大学
静物默写：**玻璃杯**一个（内盛饮料），水果五至六个，深褐色油罐一个，白色碟子一个，深红色葡萄酒瓶一个，灰绿色、粉红色衬布各一块。
用纸：8开
时间：3小时

成都理工大学
静物默写：**玻璃杯**一个，白盘一个（内放一块西瓜），葱两根，水果刀一把，褐紫色衬布一块。
用纸：8开
时间：3小时

四川大学
静物默写：**啤酒瓶**一个，**玻璃杯**一个（内盛啤酒），深色陶罐一个，菜板一个，菜刀一把，水果和蔬菜若干，白色、红色衬布各一块。
用纸：8开
时间：3小时

安徽大学
静物默写：**玻璃杯**一个（内盛半杯牛奶），陶罐一个，白菜一棵，苹果两个，橘子两个，白盘一个，衬布两块。
用纸：8开
时间：2.5小时

兰州城市学院
静物默写：**啤酒**一瓶，白盘一个（内放三片面包），香蕉两支，橘子三个，小西红柿四个，蓝色、绿色衬布各一块。
用纸：4开
时间：3小时

合肥学院
静物默写：高脚**玻璃杯**一个（内盛葡萄酒），葡萄酒瓶一个，苹果一个，梨一个，橘子一个，水果刀一把，白盘一个，面包一个。
用纸：8开
时间：3小时

四川文理学院
静物默写：**玻璃杯**一个（内盛橙汁），浅色陶罐一个，土豆四个，辣椒三个，深蓝色、灰色衬布各一块。
用纸：8开
时间：3小时

西南民族大学
静物默写：**酒瓶**一个（内盛半瓶酒），酒杯一个（内盛半杯酒），白盘一个，香蕉一支，切开的西瓜一块，不锈钢餐刀一把，浅黄色、灰色衬布各一块。
用纸：8开
时间：3小时

北京师范大学
静物默写：**玻璃杯**一个，苹果三个，橘子三个，半边的苹果两个，白盘一个，白色、深（蓝）色、灰色衬布各一块。
用纸：8开
时间：3小时

西南交通大学（江苏考点）
静物默写：**啤酒瓶**一个，橘子两个，小西红柿三个，苹果一个。
用纸：8开
时间：3小时

天津师范大学　静物默写：大的可乐瓶一个，玻璃杯一个（内盛半杯清水），小的白盘一个（内放一个打开的鸡蛋），橘子三个，浅蓝色衬布一块（上斜放一块紫色衬布）。

北京师范大学　静物默写：玻璃杯一个，苹果三个，橘子三个，半边的苹果两个，白盘一个，白色、深（蓝）色、灰色衬布各一块。

有关可乐瓶、啤酒瓶、玻璃杯的试题

西安工业大学
静物默写：**玻璃杯**一个（内盛半杯橙汁），灰色衬布一块，棕色陶罐一个，碗筷一副，苹果一个。
用纸：8开
时间：3小时

西安美术学院
静物默写：大**可乐瓶**一个，面包若干片，橘子两个，梨两个，白盘一个，水果刀一把，白色、灰色衬布各一块。
用纸：6开
时间：3小时

西华大学
静物默写：**啤酒瓶**两个，白盘一个，面包两个，水果一至三个，饮料一瓶，鸡蛋一个，白色桌布一块。
用纸：8开
时间：3小时

北京服装学院（北京考点）
静物默写：**玻璃杯**一个，土豆两个，茄子一个，西红柿三个，黄瓜两条，深色、浅色衬布各一块。
用纸：8开
时间：2.5小时

江汉大学
静物默写：**玻璃杯**一个，深褐色酒瓶一个，苹果两个，橘子一个，白盘一个，大红色、白色衬布各一块。
用纸：8开
时间：3小时

江苏省美术联考
静物默写：**玻璃杯**一个(内盛清水)，浅色罐一个，葡萄酒瓶一个，白瓷盘一个（内放哈密瓜和葡萄），罐装**可乐**一听，苹果、梨、橘子若干，深灰红、白色、灰色衬布各一块。
用纸：8开
时间：3小时

长春工程学院
静物默写：高脚**玻璃杯**一个，白瓷盘一个，梨两个，香蕉三支，葡萄酒一瓶，水果刀一把，蓝色衬布一块。
用纸：8开
时间：3小时

贵州师范大学（江苏考点）
静物默写：**啤酒瓶**一个，土红色陶罐一个，苹果三个，白盘一个，橘子两个，浅绿色、灰色衬布各一块。
用纸：8开
时间：3小时

天津师范大学
静物默写：大**可乐瓶**一个，**玻璃杯**一个（内盛半杯清水），小的白盘一个（内放一个打开的鸡蛋），橘子三个，浅蓝色衬布一块（上斜放一块紫色衬布）。
用纸：6开
时间：3小时

沈阳建筑学院
静物默写：**玻璃杯**一个，苹果三个，花一枝，陶罐一个，蓝色、白色衬布各一块。
用纸：8开
时间：3小时

兰州商学院
静物默写：**百事可乐**一瓶，苹果三个，梨三个，橘子五个，白盘一个，杯子一个，单色衬布一块。
用纸：8开
时间：3小时

广州美术学院（河南考点）
静物默写：**玻璃杯**一个，青苹果三个，白瓷盘一个（内放五个红苹果）。
用纸：8开
时间：3小时

华侨大学
静物默写：白瓷盘一个（内放三个红苹果），**可乐**一瓶（塑料瓶），黄色梨子一个，柑橘两个（其中一半掰开），高脚**玻璃杯**一个（内盛黄色液体），白色、浅蓝色衬布各一块。
用纸：8开
时间：2.5小时

黑龙江大学
静物默写：透明**玻璃杯**一个（内盛清水），浅黄色罐子一个，苹果两个，橘子三个，红色衬布一块。
用纸：8开
时间：3小时

西安美术学院　静物默写：大可乐瓶一个，面包若干片，橘子两个，梨两个，白盘子一个，水果刀一把，白色、灰色衬布各一块。

西南交通大学　静物默写：啤酒瓶一个，橘子两个，小西红柿三个，苹果一个。

可乐瓶、啤酒瓶、玻璃杯的画法

可乐瓶、啤酒瓶、玻璃杯是考试中经常考到的物体。可乐瓶内一般盛有可乐，整个瓶子基本分为透明与不透明两部分。在表现可乐瓶透明部分时，要全部铺上背景色彩，再用色笔（灰紫色）勾出暗部，这一点与画玻璃器皿相似，绘画时注意落笔要快、抓形要准。在画不透明的部分时，瓶盖和贴有标签的部分一般描绘成红色，色彩鲜艳而强烈，可多用一些纯度高而且艳丽的颜色，以表现强烈的色彩感。标签上的文字无须刻画得太清楚，只要表现出大的色彩变化、色彩感觉即可。另外，瓶盖和瓶签的外形要把握好弧度，以突出立体感。

啤酒瓶一般有绿色和棕色两种。瓶子的颜色较深，两侧壁较厚，透明度比玻璃杯差一些。作画时应认真观察瓶子色相与色调的变化，一般来说瓶子的两侧色相较深，中间色相较浅，因而两侧用纯度较低的色彩表现，中间用纯度较高的色彩表现。用笔要干脆利落、干湿适中，少用干笔或干擦的笔触。

玻璃杯是静物绘画考试常见的物品，不少考生在表现玻璃的质感方面感到有困难。一般来说，作画时应将玻璃杯放置于背景中进行整体的观察。为了表现玻璃杯的透明感，铺色时可先忽略杯子的外形，上完色后再用铅笔淡淡地勾勒出轮廓。在画玻璃杯的边缘线时不要刻意表现，画出"似连非连"的感觉即可，杯口用色线来画，高光部位的用笔要果断。

陶罐与啤酒瓶 马新禄

可乐瓶与玻璃杯　谭昊

米色陶罐　马新禄

有陶罐的静物　马新禄

24

花卉与酒杯　马新禄

有关水果的试题

四川美术学院
静物默写：画两幅大色调作品，一幅为绿色调，一幅为褐色调。**橘子**三个，**梨**一个，深色罐子一个，白盘一个，白瓷杯一个。
用纸：8开
时间：3小时

郑州大学
静物默写：**苹果**两个，**橘子**三至五个，深色陶罐一个，白盘一个，玻璃杯一个（内盛可乐），浅色衬布一块。
用纸：8开
时间：3小时

天津工商大学
静物默写：**苹果**三个，**橘子**两个，**西瓜**一块，浅色罐子一个，白盘一个，酒杯一个（内盛果汁）。
用纸：8开
时间：3小时

中央民族大学
静物默写：**苹果**两个，**梨子**两个，陶罐一个，盘子一个。
用纸：8开
时间：3小时

中国美术学院（新媒体专业）
静物默写：**苹果**一个，棕色陶罐一个，白盘一个（内放一片面包），粉绿色陶罐一个，米色、紫灰色衬布各一块。
用纸：4开
时间：3小时

湖北工业大学（江苏考点）
静物默写：**橘子**两个，**香蕉**一支，深色罐子一个，玻璃杯一个（内盛橙色液体），白盘一个，勺子一个，深色、浅色衬布各一块。
用纸：8开
时间：3小时

辽宁工业大学
静物默写：**香蕉**两支，**苹果**两个，**橘子**两个，黑瓷罐一个，玻璃杯一个（内盛半杯橙汁）。
用纸：8开
时间：3小时

长春师范大学
静物默写：**苹果**一个，**橘子**两个，陶罐一个，白瓷盘一个（内放一片面包），高脚杯一个（内盛葡萄酒）。
用纸：8开
时间：3小时

齐齐哈尔大学　静物默写：橘子三个，苹果三个，沙锅一个，白盘一个，玻璃杯一个（内盛任何颜料的水），水果刀一把，白色、绿色衬布各一块。

安徽大学
静物默写：**梨**两个，**橘子**一个，玻璃高脚杯一个，水果刀一把，陶罐一个，衬布两块，暖色调。
用纸：8开
时间：2.5小时

江苏农业大学（江苏考点）
静物默写：**橘子**两个，陶罐一个，啤酒瓶一个，白菜一棵，鸡蛋三个，粉绿色、白色衬布各一块。
用纸：8开
时间：3小时

齐齐哈尔大学
静物默写：**橘子**三个，**苹果**三个，沙锅一个，白盘一个，玻璃杯一个（内盛任何颜色的水），水果刀一把，白色、绿色衬布各一块。
用纸：8开
时间：3小时

南昌大学
静物默写：**苹果**三个，茶壶一个，玻璃杯一个，打开的鸡蛋两个，切开的茄子一个，深色、浅色衬布各一块。
用纸：8开
时间：3小时

广州美术学院（河南考点）
静物默写：**青苹果**三个，白盘一个（内放五个**红苹果**），玻璃杯一个。
用纸：8开
时间：3小时

贵州师范大学（江苏考点）
静物默写：**苹果**三个，**橘子**两个，土红色陶罐一个，白盘一个，啤酒瓶一个，浅绿色、灰色衬布各一块。
用纸：8开
时间：3小时

西安美术学院
静物默写：**橘子**两个，**梨**两个，大可乐瓶一个，面包若干片，白色盘子一个，水果刀一把，白色、灰色衬布各一块。
用纸：6开
时间：3小时

苏州大学
静物默写：淡红色陶罐一个，**西瓜**三片，**橙子**四个，白碟一个，面包三块，玻璃杯一个（内盛橙汁），灰色、红褐色衬布各一块。
用纸：8开
时间：3小时

天津理工大学　静物默写：苹果三个，水果刀一把，深色陶瓷罐一个，白色瓷盘一个，高脚杯一个（内盛橙汁）。

27

有关水果的试题

西南交通大学（江苏考点）
静物默写：**橘子**两个，小**西红柿**三个，**苹果**一个，啤酒瓶一个。
用纸：8开
时间：3小时

山西省美术联考
静物默写：**苹果**两个，**橘子**一个，**香蕉**三支，啤酒瓶一个，盛水的玻璃杯一个，刀子一把，白瓷盘一个，红色、白色衬布各一块。
用纸：8开
时间：3小时

江西省美术联考
静物默写：**黄梨**三个，白盘一个，面包三个，淡粉红色、淡黄色衬布各一块。
用纸：8开
时间：3小时

四川美术学院（重庆考点）
静物默写：**柑橘**四个，**板栗**五颗，**梨**一个，褐色的啤酒瓶一个，牛皮纸一张。
用纸：8开
时间：3小时

武汉科技学院
静物默写：**葡萄**一串，**香蕉**十几支，有褶皱的白纸一张，浅色衬布一块。
用纸：8开
时间：3小时

合肥学院
静物默写：**苹果**一个，**梨**一个，**橘子**一个，葡萄酒瓶一个，高脚玻璃杯一个（内盛葡萄酒），水果刀一把，白盘一个，面包一个。
用纸：8开
时间：3小时

西安工业大学
静物默写：**苹果**一个，棕色陶罐一个，碗筷一副，玻璃杯一个（内盛橙汁半杯），灰色衬布一块。
用纸：8开
时间：3小时

海南师范大学
静物默写：**橘子**两个，紫沙壶一个，白盘一个（内放两片面包），不锈钢餐刀一把，灰绿色衬布一块。
用纸：8开
时间：2.5小时

西北民族大学　静物默写：橘子五个，梨两个，素色报纸两张，褐色啤酒瓶一个，方便面一桶。

天津师范大学（江苏考点）
静物默写：剥开的**橘子**一个，书三本，杯子一个（内盛半杯茶水），黄色、蓝灰色衬布各一块。
用纸：6开
时间：3小时

河北省美术联考
静物默写：**梨**、**橘子**、**苹果**各一个，红葡萄酒瓶一个，高脚杯一个，白盘一个，面包一片，白色、紫红色衬布各一块。
用纸：8开
时间：3小时

天津理工大学
静物默写：**苹果**三个，水果刀一把，深色陶瓷罐一个，白盘一个，高脚杯一个（内盛橙汁）。
用纸：8开
时间：3.5小时

南京艺术学院
静物默写：**小橘子**三个，山**楂**六颗，**苹果一个**，**梨子**三个，啤酒瓶一个，红酒瓶一个，上釉陶罐两个，盘子一个，衬布三块。
用纸：4开
时间：3小时

大连民族学院
静物默写：**香蕉**一个，木块一个、不锈钢锅一口、高脚玻璃杯一个，深红色衬布一块。
用纸：8开
时间：2.5小时

湖南理工大学
半静物写生：（写生部分）**梨**四个，浅灰色衬布一块，白盘一个，（默写部分）罐子一个，**西瓜**三块，深灰色衬布一块。
用纸：8开
时间：3小时

西北民族大学
静物默写：**橘子**五个，**梨**两个，素色报纸两张，褐色啤酒瓶一个，方便面一桶。
用纸：8开
时间：3小时

天津财经大学
静物默写：**橘子**六个，红酒瓶两个（造型不同），白盘一个（带青花），白色衬布一块，另一块颜色自定。
用纸：8开
时间：3小时

云南师范大学　静物默写：橘子五个，深色罐子一个，白盘一个，蓝色、白色衬布各一块，。

有关水果的试题

上海戏剧学院
静物默写：**橘子**两个，**苹果**一个，透明玻璃杯一个（内放有黄花和白花），白色、深色衬布各一块。
用纸：4开
时间：3小时

贵州民族学院
静物默写：**苹果**两个，土陶罐一个，白盘子一个，白菜一棵，鸡蛋两个，浅蓝色衬布一块。
用纸：8开
时间：3小时

桂林工学院
静物默写：**橘子**若干个，玻璃花瓶一个（内插一束黄色菊花），白盘一个，不锈钢勺子一把，白色、蓝色衬布各一块。
用纸：8开
时间：2.5小时

云南师范大学
静物默写：**橘子**五个，深色罐子一个，白盘一个，蓝色、白色衬布各一块。
用纸：8开
时间：3小时

华中师范大学
静物默写：**红苹果**两个，**橙橘**三个，**柠檬**两个，玻璃杯一个，不锈钢水壶一个，黄色、蓝色衬布各一块。
用纸：8开
时间：3小时

广东科技师范学院
静物默写：**苹果**五个，**橘子**五个，深色罐子一个，白盘一个，灰色衬布两块。
用纸：8开
时间：3小时

太原师范学院
静物默写：**梨**两个，**橘子**一个，白盘一个，面包三片，牛奶一杯，红色葡萄酒一瓶，红色、白色衬布各一块。
用纸：8开
时间：3小时

景德镇陶瓷学院
静物写生：**橘子**三个，**苹果**三个，啤酒瓶一个，白盘一个，水果刀一把，白色、绿色衬布各一块。
用纸：8开
时间：2.5小时

景德镇陶瓷学院 静物写生：橘子三个，苹果三个，啤酒瓶一个，白盘一个，水果刀一把，白色、绿色衬布各一块。

清华大学美术学院
静物默写：黄**苹果**一个，**绿梨子**两个，**桂圆**若干，矿泉水瓶一个（内盛水），报纸一张，牛皮纸袋一个，米黄色衬布一块。
用纸：8开
时间：3小时

海南大学
静物默写：**香蕉**两支，**苹果**三个，陶罐（无盖，无缺口）一个，大白菜一棵，浅黄色衬布一块。
用纸：8开
时间：3小时

湖北大学
静物默写：**苹果**两个，**梨**两个，啤酒瓶一个，陶罐一个，碟子一个，玻璃杯一个，白色衬布一块。
用纸：8开
时间：3小时

中国美术学院（绘画专业）
静物默写：《窗台前的一瓶花》。要求：画面中有一个茶杯，**橘子**两至三个，光线为侧光，可适当画出窗帘。
用纸：4开
时间：3小时

湖北省美术联考
半静物写生：（写生部分）啤酒瓶一个，快餐盒一个，（默写部分）**橘子**一个，**梨**一个，**苹果**两个，白盘一个，面包一片，刀子一把，浅蓝色、白色衬布各一块。
用纸：8开
时间：3小时

湖北美术学院
静物默写：**苹果**或**梨**三个，农夫山泉两瓶，切开的茄子一个，深色、浅色衬布各一块。
用纸：8开
时间：3小时

新疆艺术学院
静物默写：**苹果**四个，**橘子**四个，白色衬布一块。
用纸：8开
时间：3小时

江苏省美术联考
静物默写：**苹果**、**梨**、**橘子**若干，浅色罐子一个，葡萄酒瓶一个，白盘一个（内放哈密瓜和葡萄），玻璃杯一个（内盛清水），罐装可乐一瓶，深灰红、白色、灰色衬布各一块。
用纸：8开
时间：3小时

海南大学　静物默写：香蕉两支，苹果三个，陶罐（无盖，无缺口）一个，大白菜一棵，浅黄色衬布一块。

水果的画法

水果是色彩考试中最常见的。2008年170余所艺术院校，有100余所以水果为考题。考题中常见的水果有苹果、梨子、橘子、香蕉、桃子、葡萄、西瓜等。水果总的特点是颜色丰富，色彩纯度较高，表面光滑。

作画时要注意水果的素描关系和体积感，把握好色彩的水分，表现出笔触，塑造时多用色块表现。考生往往把水果画得太"平"，要解决这个问题，应把水果看成一个球体，分析它的黑、白、灰层次，作画的色块变化要大。一般水果的暗部用色薄而色彩变化小，亮部用色较干而色彩变化较大。

考生常出现的问题还有画面给人"脏"、"灰"、"花"的感觉。"脏"的主要原因是用色种类过多，色相不明。一般来说水果的亮部用两至三种颜色来表现即可，暗部可多一两种颜色，另外要注意色彩色相和明度的变化。"灰"主要是由于色彩的纯度把握得不够（有时是由于画笔没有洗干净而造成

的），画面的明度关系没有拉开。"花"主要是由于色彩的色相、明度、纯度等方面的对比太弱而造成的，因此作画时要注意表现黑、白、灰层次的变化。

一、苹果的画法。（1）红苹果画法：用深红色加群青作为暗部的色彩。由于苹果表面较光滑，所以高光部位较亮，用大红色稍加白色表现高光；用适度的紫色稍加白色再加湖蓝表现底部的反光。（2）绿苹果画法：一般用淡绿、橄榄绿、土黄画暗部；灰部以淡绿、柠檬黄、中黄、白色为主。（3）黄苹果画法：暗部用色以柠檬黄、土黄和中黄为主，以赭石、熟褐为辅，稍加湖蓝和紫色；亮部以中黄、柠檬黄、白色为主。

一般水果题材中会将红色、绿色的苹果并置，作画时可适当降低一方的色彩纯度。另外，要注意观察苹果上端梗柄的朝向，苹果的梗柄最后刻画，这样就会达到满意的画面效果。

单个物体的练习 谭昊

红酒与水果　李岸

有苹果的静物　雷杰

葡萄　雷杰

面包与水果 李岸

窗前的水果　李岸

水果的画法

二、橘子的画法。橘子的画法与苹果有许多相似之处。橘子的颜色比苹果单纯些，一般以橘黄、橘红、中黄为主。暗部以橘黄、橘红加熟褐为主，灰部以纯度较高的橘黄和橘红为主，亮部以橘黄、中黄加白色为主。反光受环境影响变化也较为明显。橘子的表面比苹果粗糙，有颗粒状突起，所以高光可用干擦的方法来画，会使质感表现得更真实。

三、葡萄的画法。一般葡萄有紫红色和淡绿色两种。画紫色葡萄以紫罗兰、深红、蓝色为基本色，画淡绿色葡萄以淡绿、中绿、淡黄为基本色。葡萄的反光较强，用冷紫色表现。另外，用色要有一定饱和度，不宜过涩，这样才有利于质感表现。画葡萄与画香蕉一样要注意整体性，从整体出发，主次有序，不要逐个刻画，这样很浪费时间。塑造前面的几颗葡萄时应处理好黑、白、灰的关系，并点出高光。

花瓶与水果（局部）

花瓶与水果　李永昌

静物　李永昌

鲜花与水果　申孟龙

水果的画法

四、梨子的画法。先画出梨子的形体关系，用笔湿润，以便于表现质感。因为梨子的表面比苹果要粗糙，所以梨子的高光比苹果要弱些，用色主要以中黄、柠檬黄、土黄为主。暗部可加少量赭石与淡绿。

五、桃子的画法。画桃用色以玫瑰红、大红、淡绿、淡黄为主，暗部以玫瑰红稍加深红再加点淡黄来表现，灰部以高纯度的淡绿和大红加白色为主，亮部以淡黄、柠檬黄稍加白色为主，高光不要过亮，甚至没有必要点高光。桃子表面有茸毛，可用干擦或破笔作画来体现毛茸茸的质感。桃子的边缘也不用画得太实，干擦为佳。

有菠萝的静物（局部）

有菠萝的静物　雷杰

陶罐与水果 李岸

水果的画法

六、西瓜的画法。一般考试用的西瓜以切开的为多，西瓜颜色是艳红色，纯度较高，作画时无须多次调色。西瓜瓤用色一般以大红、曙红为主，暗部以深红稍加普蓝为主，灰部以大红加湖蓝为主，亮部以大红加白色稍加柠檬黄为主，画亮部时可稍用点纯红色，颜色稍干时点上几粒西瓜籽。画西瓜皮要注意色彩变化，以粉绿略带黄色为主。画西瓜用湿画法为佳，尽量一气呵成，不要反复修改。

七、香蕉的画法。画香蕉时，首先画出香蕉的几大面的形体关系。画笔水分要控制得恰当，不宜过干。其次，在刻画单个的香蕉时，还要注意整串香蕉的整体性、主次性、联系性。最后，用笔要果断。在用色上，主要以土黄、中黄、淡黄、柠檬黄、熟褐、赭石为主。

有香蕉的静物（局部）

有香蕉的静物　谭昊

阳光灿烂的日子／孙春成

有关蔬菜、鱼类的试题

四川理工大学
静物默写：**鱼**一条，**葱**三根，深色陶罐一个，菜板一个，鸡蛋两个，玻璃杯一个（内盛葡萄酒），浅色衬布一块。
用纸：8开
时间：3小时

中国美术学院（综合艺术专业）
静物默写：**西红柿**、**洋葱**若干个，**青菜**一棵，白盘一个（内放一条**鱼**），棕色陶罐一个，衬布两块。
用纸：4开
时间：3小时

江苏农业大学（江苏考点）
静物默写：**白菜**一棵，**鸡蛋**三个，陶罐一个，啤酒瓶一个，橘子两个，粉绿色、白色衬布各一块。
用纸：8开
时间：3小时

南昌大学
静物默写：打开的**鸡蛋**两个，切开的**茄子**一个，茶壶一个，玻璃杯一个，苹果三个，深色、浅色衬布各一块。
用纸：8开
时间：3小时

安徽省美术联考
静物默写：**辣椒**两个以上（自己添加蔬菜不少于两种），沙锅一个，盘子一个，调味瓶一个（已给出图形），两块色相不同的布，自行组合构图。
用纸：8开
时间：3小时

北京服装学院（北京考点）
静物默写：**土豆**两个，**茄子**一个，**西红柿**三个，**黄瓜**两条，大可乐瓶一个，玻璃杯一个，衬布两块。
用纸：8开
时间：2.5小时

西南交通大学（江苏考点）
静物默写：小**西红柿**三个，啤酒瓶一个，橘子两个，苹果一个。
用纸：8开
时间：3小时

河南省美术联考
半静物写生：（写生部分）**大白菜**一棵，（默写部分）**番茄**五个，**青椒**三个，**葱**两棵，白盘一个，白色衬布一块。
用纸：8开
时间：3小时

青岛科技大学 静物默写：大白菜一棵，鸡蛋两个，青辣椒两个，高脚杯一个（内盛葡萄酒），灰蓝色、黄灰色衬布各一块。

44

海南大学
静物默写：**鱼**一条，**红辣椒**三个，**大蒜**两个，圆白盘一个，灰色衬布一块。
用纸：8开
时间：3小时

贵州民族学院
静物默写：**白菜**一棵，鸡蛋两个，苹果两个，土陶罐一个，白盘一个，浅蓝色衬布一块。
用纸：8开
时间：3小时

大连工业大学
静物默写：**红薯**两个，**胡萝卜**两个，鸡蛋一个，褐色陶罐一个，白盘一个，不锈钢餐刀一把，灰色衬布一块。
用纸：8开
时间：3小时

长春大学
静物默写：**大白菜**一棵，**葱**两根，**马铃薯**、**西红柿**、胡萝卜若干个，酱油瓶一个，不锈钢锅一个，蓝色、白色衬布各一块。
用纸：8开
时间：3小时

青岛科技大学
静物默写：**大白菜**一棵，**青辣椒**两个，鸡蛋两个，高脚杯一个（内盛葡萄酒），灰蓝色、黄灰色衬布各一块。
用纸：8 开
时间：3小时

西北农业科技大学
静物默写：**蔬菜**一把，鸡蛋三个（其中两个蛋要放在画面左边），玻璃瓶两个，瓷器一个，铝制品一个。
用纸：8开
时间：3.5小时

重庆文理学院
静物默写：**洋葱**两个，**小红椒**四个，**白萝卜**三个，**大白菜**一棵，沙锅一个，白色衬布一块。
用纸：8开
时间：3小时

中原工学院
静物默写：**辣椒**、大葱若干，酱菜坛一个，酒瓶一个，白色衬布一块。
用纸：8开
时间：3小时

海南大学　静物默写：鱼一条，红辣椒三个，大蒜两个，圆白盘一个，灰色衬布一块。

有关蔬菜、鱼类的试题

广东商学院

静物默写：**辣椒**一个，蓝色球体一个，黄色的长方体一个，红苹果一个，玻璃杯一个（内盛果汁），蓝色衬布一块。

用纸：8开

时间：3小时

首都师范大学

静物默写：香蕉、红枣、**包菜**、**红萝卜**若干，酒瓶一个，白色衬布一块。

用纸：8开

时间：3小时

兰州交通大学

静物默写：芹菜一把，**西红柿**两个，**红萝卜**两个，白色瓷盘一个，深色陶罐一个，白色、浅蓝色衬布各一块。

用纸：8开

时间：3小时

西北大学

静物默写：**鱼**一条，**蔬菜**若干，深色罐子一个，啤酒瓶一个，白盘一个。

用纸：8开

时间：3小时

大连大学

静物默写：盆子一个（内放三个**青辣椒**），**茄子**两个，**胡萝卜**一个，盆后油瓶子一个，醋瓶子一个，盆周围蒜一个，**葱**两根，**生姜**两块，旁边菜板一块（上放一把菜刀），白瓷盘一个，灰色衬布一块。

用纸：8开

时间：3小时

西安交通大学

静物默写：**白菜**一棵，**青辣椒**两个，**西红柿**两个，**土豆**一个，**黄瓜**一条，蒜两个，褐色酒瓶一个，白色衬布一块。

用纸：8开

时间：3小时

西北大学　静物默写：鱼一条，蔬菜若干，深色罐子一个，啤酒瓶一个，白盘一个。

静物默写：土豆两个，茄子一个，黄瓜两条，西红柿三个，大可乐瓶一个，玻璃杯一个，衬布两块。

北京服装学院（北京考点）

蔬菜、鱼类的画法

蔬菜和鱼类是考试中常有的物体，其绘画的难点是：由于考生对蔬菜和鱼类的形状与色彩不够熟悉，难以表现生动。最常考的蔬菜有西红柿、茄子、蒜、白菜、胡萝卜、辣椒、土豆、洋葱等。以下介绍较为典型的几种蔬菜、鱼类的画法。

一、鱼类的画法。鱼可分鱼头、鱼身、鱼尾三部分。鱼头重点刻画，尤其要把握好鱼眼部分形状的塑造，鱼身用笔触塑造时应注意身体的体积感，鱼尾可简洁处理。在画鱼的过程中多注意色彩冷暖的推进，从而表现出鱼的立体感和空间感。

二、凉薯的画法。凉薯是一种常考题材。在画凉薯之前一定要仔细分析其形体和大小关系，其最重要的是色彩的变化，在用色方面纯度不宜过高，因表面有土质，基本上呈灰白色（暗灰色），但注意不要画脏画灰，颜色基本以白、土黄、赭石为主导色。反光以冷紫灰为主，色彩不宜过强。

有鱼的静物（局部）

有鱼的静物　李岸

2008. 1. 28 黄援西

48

有鱼的静物　李永昌

鱼和花布　李岸

49

蔬菜、鱼类的画法

　　三、萝卜的画法。萝卜在蔬菜类考试中常常出现，作画时注意萝卜形体要准确，叶子变化要自然生动，不宜太散，注意整体关系，要有取舍，不要照抄对象，叶子色彩不宜过多，不然影响萝卜的表现。萝卜暗部用色不宜加粉，不然萝卜的厚重感就很难表现。在刻画萝卜头尖部时，要用细而准的笔触表现，这样容易表现其质感。

　　四、白菜的画法。白菜由菜帮与菜叶组成，整体较亮而透明，受环境色影响较明显，绘画用色纯度较高，颜料较湿润。菜帮颜色以白色为主，在作画过程中要注意表现其灰部色彩的变化，作画次数不要过多，白色要慎用，以免画"粉"。

有白菜的静物（局部）

有白菜的静物　李岸

50

蔬菜静物组合　李岸

有关不锈钢器皿的试题

大连工业大学
静物默写：**不锈钢餐刀**一把，褐色陶罐一个，白盘一个，红薯两个，鸡蛋一个，胡萝卜两个，灰色衬布一块。
用纸：8开
时间：3小时

福建师范大学
静物默写：**不锈钢保温杯**一个，深色花瓶一个，玫瑰三枝，旧的发黄书一本，钢笔一支，眼镜一副，蓝色、白色衬布各一块。
用纸：8开
时间：3小时

宁波大学
静物默写：**不锈钢刀叉**一把，红葡萄酒一瓶，透明高脚杯一个（内盛半杯红酒），白瓷盘一个（内放一串葡萄），红玫瑰两枝，白色衬布一块。
用纸：8开
时间：2.5小时

大连民族学院
静物默写：**不锈钢锅**一个，木块一个，香蕉一支，高脚玻璃杯一个，深红色衬布一块。
用纸：8开
时间：2.5小时

华中师范大学
静物默写：**不锈钢水壶**一个，玻璃杯一个，红苹果两个，橙橘三个，柠檬两个，黄色、蓝色衬布各一块。
用纸：8开
时间：3小时

长春大学
静物默写：**不锈钢锅**一个，大白菜一棵，葱两根，酱油瓶一个，马铃薯、西红柿、胡萝卜若干个，蓝色、白色衬布各一块。
用纸：8开
时间：3小时

西南民族大学
静物默写：**不锈钢餐刀**一把，酒瓶一个（内盛半瓶酒），酒杯一个（内盛半杯酒），白瓷盘一个，香蕉一支，切开的西瓜一块，浅黄色、灰色衬布各一块。
用纸：8开
时间：3小时

海南师范大学
静物默写：**不锈钢餐刀**一把，紫沙壶一个，橘子两个，白盘一个（内放两片面包），灰绿色衬布一块。
用纸：8开
时间：2.5小时

大连民族学院　静物默写：不锈钢锅一个，木块一个，香蕉一支，高脚玻璃杯一个，深红色衬布一块。

福建师范大学 静物默写：不锈钢保温杯一个，深色花瓶一个，玫瑰三枝，旧的发黄书一本，钢笔一枝，眼镜一副，蓝色、白色衬布各一块。

长春大学 静物默写：不锈钢锅一个，大白菜一棵，葱两根，酱油瓶一个，马铃薯、西红柿、胡萝卜若干个，蓝色、白色衬布各一块。

不锈钢器皿的画法

不锈钢器皿在静物写生考试中常考，只不过占的比重不大。常考的不锈钢器皿有水果刀、菜刀、勺子、铝锅、茶壶等。不锈钢器皿在色彩上的特征：固有色一般是深冷灰色，表面非常光滑，受环境色影响大而敏感，反光、高光强烈而且色彩丰富，明暗反差大，变化丰富。

作画时要注意不锈钢器皿亮面与暗面的冷暖对比，表现出不锈钢器皿强烈的高光和反光。切忌照抄对象，要有所取舍。处理高光、反光时要注意其大小和位置的准确，用笔一定要挺而有力。

不锈钢锅常在考题中出现，作画时要把形状画准确，透视变化要正确，明暗关系要明确。水果刀在考题中常常是点缀，刀身一般是不锈钢制成的，固有色较冷，表面光亮，受环境色影响大，高光、反光强烈。另外，还要注意刀身的厚度和形状。刀柄以硬质塑料为多，色彩以黑色为多，高光、反光较明显。

不锈钢器皿组合（局部）

不锈钢器皿组合　马新禄

不锈钢器皿组合　刘建江

有关面包、蛋、纸的试题

清华大学美术学院
全静物写生：**报纸**一张，牛皮**纸袋**一个，矿泉水瓶一个（内盛水），黄苹果一个，绿梨子两个，桂圆若干，米黄色衬布一块。
用纸：8开
时间：3小时

南昌大学
静物默写：打开的**鸡蛋**两个，茶壶一个，玻璃杯一个，苹果三个，切开的茄子一个，深色、浅色衬布各一块。
用纸：8开
时间：3小时

广东省美术联考
静物写生：**面包**一片，书夹一个，**报纸**一份，有盖的白瓷杯一个，白碟一个。
用纸：8开
时间：3小时

河北省美术联考
静物默写：**面包**一片，红葡萄酒一瓶，高脚杯一个，白盘一个，梨子、橘子、苹果各一个，白色、紫红色衬布各一块。
用纸：8开
时间：3小时

湖北省美术联考
半静物写生：（写生部分）啤酒瓶一个，快餐盒一个，（默写部分）**面包**一个，橘子一个，梨一个，苹果两个，盘子一个，刀子一把，浅蓝色、白色衬布各一块。
用纸：8开
时间：3小时

青岛科技大学
静物默写：**鸡蛋**两个，大白菜一棵，高脚杯一个（内盛葡萄酒），青辣椒两个，灰蓝色、黄灰色衬布各一块。
用纸：8开
时间：3小时

湖北美术学院
静物默写：淡蓝色或白色**纸**一张，农夫山泉两瓶，苹果或梨子三个，餐巾纸盒一个。
用纸：8开
时间：3小时

长春师范大学
静物默写：白瓷盘一个（内放一片**面包**），陶罐一个，高脚杯一个（内盛葡萄酒），苹果一个，橘子两个。
用纸：8开
时间：3小时

清华大学美术学院　全静物写生：矿泉水瓶一个（内盛水），黄苹果一个，绿梨子两个，报纸一张，牛皮纸袋一个，桂圆若干，米黄色衬布一块。

江西省美术联考
静物默写：**面包**三个，黄梨三个，白盘一个，淡粉红色、淡黄色衬布各一块。
用纸：8开
时间：3小时

四川美术学院（重庆考点）
静物默写：**牛皮纸**一张，柑橘子四个，板栗五颗，梨一个，褐色的啤酒瓶一个。
用纸：8开
时间：3小时

重庆工商大学
静物默写：草帽一顶（有模糊红字），军用水壶一个，墨水瓶一个（内插一支笔），西红柿两个，书数本（其中一本翻开），**牛皮纸**衬布一块。
用纸：8开
时间：3小时

江苏农业大学（江苏考点）
静物默写：**鸡蛋**三个，陶罐一个，啤酒瓶一个，白菜一棵，橘子两个，粉绿色、白色衬布各一块。
用纸：8开
时间：3小时

湖南省美术联考
半静物默写：**鸡蛋**一个，白**纸**一张，陈醋一瓶，纸杯一个。
用纸：8开
时间：3小时

四川师范大学
静物默写：**鸡蛋**两个，方形**面包**一个，塑料花或鲜花一束，矿泉水一小瓶，白色衬布一块。
用纸：8开
时间：3小时

西华大学
静物默写：《餐桌一角》，要求：白色桌布一块，**面包**两个，**鸡蛋**一个，啤酒瓶两个，白盘一个，水果一至三个，饮料一瓶。
用纸：8开
时间：3小时

成都美术学院
静物默写：**面包**一个，白盘一个，水果两个以上，餐刀一把，深色瓶子一个，**鸡蛋**一个，白色衬布一块。
用纸：8开
时间：3小时

湖南省美术联考　半静物默写：鸡蛋一个，白纸一张，陈醋一瓶，纸杯一个。

面包、蛋、纸的画法

面包在考试形式上有两种，切成片的面包和完整的面包。两种的画法基本上差不多。作画时面包皮的颜色以焦黄色为主，但是在画的时候不要把颜色画焦了，颜色要有变化，有一定的透明感。面包的松软质感表现的关键在于用笔一定要轻松，色彩要明快。从面包的暗部开始画，大笔铺色，用暗色（焦土红色为主）来表现，面包的固有色要画准确，白色尽量不用或少用。面包的亮部根据色彩明暗关系留出白色部分，但要少用白色，多用柠檬黄或淡黄等亮色，这样既能提高物体的明度，又能增加色彩的丰富性。受环境色的影响，面包的边缘偏冷灰色。另外，塑造时不要太强调面包的棱角转折，否则容易画得像砖头一样生硬。

鸡蛋的考试形式有两种，完整的鸡蛋和把生鸡蛋打入碗中或瓷盘中。绘制整个鸡蛋要注意鸡蛋的形状，用笔要大胆，用色以赭石、中黄为主，以土黄、熟褐等色为辅。在作画过程中色彩要饱和，不宜过干、太暖，注意跟土豆的色彩、形状要有区别。土豆形状不规则，作画可自由些，且反光、高光较弱，而鸡蛋的形状非常规则，高光、反光明显。

打开的生鸡蛋有蛋黄和蛋清两部分，蛋黄的色彩较纯而艳，蛋清的色彩较清淡。蛋黄的固有色以中黄、白色、柠檬黄为主。蛋清的色彩以柠檬黄、白色为主，具有半透明的特点。绘制时用笔、用色不要调得太"熟"，稍生一点画出来较为生动、真实。另外，着色不宜太厚和反复修改。

报纸、牛皮纸这两种物品是近几年来考得较多的题材。纸与衬布有一定的区别，纸的褶皱较为生硬，而衬布的质地较柔软。画纸时，首先用平涂的方法画出亮部的颜色，待颜色快干时画出褶皱，用色以白色、冷灰色（湖蓝加紫色）和赭石为主。用笔要生动，棱角的表现要分明，一般用油画笔或尼龙笔作画较为适合。另外，要注意纸的边缘形状的处理，因为边缘也是表现质感的一个重要部分。

可乐与面包　马新禄

可乐与面包（局部）

有关白瓷盘、碗的试题

郑州大学
静物默写：**白瓷盘**一个，深色陶罐一个，玻璃杯一个（内盛可乐），苹果两个，橘子三至五个，浅色衬布一块。
用纸：8开
时间：3小时

广州美术学院（河南考点）
静物默写：**白瓷盘**一个（内放五个红苹果），青苹果三个，玻璃杯一个。
用纸：8开
时间：3小时

西安工业大学
静物默写：**碗**筷一副，棕色陶罐一个，玻璃杯一个（内盛半杯橙汁），苹果一个，灰色衬布一块。
用纸：8开
时间：3小时

新疆师范大学（江苏考点）
静物默写：**白瓷盘**一个，陶罐一个，苹果三个，橘子两个，衬布两块，暖色调。
用纸：8开
时间：3小时

长春师范大学
静物默写：陶罐一个，**白瓷盘**一个（内放面包一片），高脚杯一个（内盛葡萄酒），苹果一个，橘子两个。
用纸：8开
时间：3小时

江西省美术联考
静物默写：**白盘**一个，面包三个，黄梨三个，淡粉红色、淡黄衬布各一块。
用纸：8开
时间：3小时

天津理工大学
静物默写：**白瓷盘**一个，苹果三个，水果刀一把，深色陶瓷罐一个，高脚杯一个（内盛橙汁）。
用纸：8开
时间：3.5小时

河南省美术联考
半静物写生：（写生部分）大白菜一棵，（默写部分）番茄五个，青椒三个，葱两棵，**白瓷盘**一个，白色衬布一块。
用纸：8开
时间：3小时

新疆师范大学（江苏考点）　静物默写：白瓷盘一个，陶罐一个，苹果三个，橘子两个，衬布两块，暖色调。

贵州大学

静物默写：**白瓷盘**一个，深红色陶罐一个，绿色啤酒瓶一个，梨三个，青苹果四个，西瓜一片，衬布一块。

用纸：8开

时间：3小时

景德镇陶瓷学院

静物写生：**白瓷盘**一个，啤酒瓶一个，苹果三个，水果刀一把，橘子三个，绿色、白色衬布各一块。

用纸：8开

时间：2.5小时

江苏技术师范学院

静物默写：**白瓷盘**一个，深色坛子一个，酒瓶一个，水果若干，衬布三块。

用纸：8开

时间：3小时

华侨大学

静物默写：**白瓷盘**一个（内放三个红苹果），可乐一瓶（塑料瓶），黄色梨子一个，柑橘两个（其中一个掰开），高脚玻璃杯一个（内盛黄色液体），白色、浅蓝色衬布各一块。

用纸：8开

时间：2.5小时

西华师范大学

静物默写：**白瓷盘**一个，深色陶罐一个，西瓜半块，牛奶一杯，苹果三个，白色、浅黄色衬布各一块。

用纸：8开

时间：3小时

长春工程学院

静物默写：**白瓷盘**一个，梨两个，香蕉三支，葡萄酒一瓶，高脚玻璃杯一个，水果刀一把，蓝色衬布一块。

用纸：8开

时间：3小时

成都理工大学

静物默写：**白瓷盘**一个（内放一片西瓜），玻璃杯一个，葱两根，水果刀一把，褐紫色衬布一块。

用纸：8开

时间：3小时

江苏省美术联考

静物默写：**白瓷盘**一个（内放哈密瓜和葡萄），玻璃杯一个(内盛清水)，浅色罐一个，葡萄酒瓶一个，罐装可乐一听，苹果、梨、橘子若干，深灰红、白色、灰色衬布各一块。

用纸：8开

时间：3小时

成都理工大学　静物默写：白瓷盘一个（内放一片西瓜），玻璃杯一个，葱两根，水果刀一把，褐紫色衬布一块。

白瓷盘、碗的画法

白瓷盘和碗都是常考的静物之一。以此类静物为题材可以考查考生对画面构图的疏密关系、方圆关系、色彩关系、形体关系等的把握。例如：盘子外形如果为椭圆形，考生就应该掌握好椭圆的表现技法。盘子透视关系的表现有一定难度，绘画时用色应较干，但不宜干枯，并注意色彩明暗及冷暖变化。对盘子边缘的处理要利落、果断，以体现出质感。从色彩关系上来讲，盘子受周围的环境色影响较大，便于考查考生对色彩的认识程度和理解能力。例如：白瓷盘以白色为主，但不能完全用白色来画。从明度关系上看，白色瓷盘的明度反差较小，易于考查学生辨色和调色的能力。总之，把握白色的冷暖、明暗，盘子的形体是画好白瓷盘的关键。

瓷碗常常在考查蔬菜类的静物写生中出现。瓷碗与白瓷盘的画法基本相同，在作画时要注意碗的深度、碗的外边缘和碗边花纹的表现。

有碗的静物（局部）

有碗的静物　*马新禄*

白瓷盘静物组合 李岸

有关花卉的试题

上海戏剧学院
静物默写：透明玻璃杯一个（内放有**黄花和白花**），苹果一个，橘子两个，白色、深色衬布各一块。
用纸：4开
时间：3小时

四川师范大学
静物默写：**塑料花**或**鲜花**一束，矿泉水一小瓶，鸡蛋两个，方形面包一个，白色衬布一块。
用纸：8开
时间：3小时

中国地质大学（武汉考点）
静物默写：玻璃花瓶一个，**鲜花**一束（内插一枝**黄菊花**），苹果两个，深色衬布一块。
用纸：8开
时间：3小时

桂林工学院
静物默写：玻璃花瓶一个（内插一束黄色**菊花**），橘子若干，白瓷盘一个，不锈钢勺子一把，白色、蓝色衬布各一块。
用纸：8开
时间：2.5小时

中国美术学院（绘画专业）
静物默写：《窗台前的一瓶**花**》，要求：画面中有茶杯一个，橘子两至三个，光线为侧光，可适当画出窗帘。
用纸：4开
时间：3小时

鲁迅美术学院
静物写生：《瓜叶菊》，**盆花**色彩写生，要求：运用写实的表现手法，色彩关系准确、和谐，画面构图稳定。
用纸：8开
时间：3小时

山东工艺美术学院
静物默写：**鲜花**一束，花瓶一个，杂志若干本，衬布一块。
用纸：8开
时间：2.5小时

沈阳建筑学院
静物默写：**花**一枝，苹果三个，陶罐一个，玻璃杯一个，蓝色、白色衬布各一块。
用纸：8开
时间：3小时

中国地质大学（武汉考点）　静物默写：玻璃花瓶一个，鲜花一束（内插一枝黄菊花），苹果两个，深色衬布一块。

野山菊 李岸

花卉的画法

花卉是考试中常出现的题材之一，近几年来以花卉为考试题材的学校越来越多。下面谈谈画花卉的几点经验。

花卉的构图不能杂乱无章，要做到丰富而不堆砌，单纯而不贫乏，这需要经过一番认真的思考和缜密的安排。

不管是一种还是几种不同花卉的组合，在形成一束插入容器后，其整体外形应该呈具有上下、左右、前后关系的球体形状，这种球体形状显得丰富、饱满，有层次，有立体感。

花卉组合成束后的球体形状，只能以总的外形而言，实质上并非一种规则的球形，如果刻意追求规则就会显得有些呆板。只有不规则的球形才更富有变化的情趣，因此，外形上作适当的突破是很有必要的。

要确定好主要花卉的位置分布。一般来说主要表现的花朵比较大一些，位置靠中央一些，在刻画上要认真细致，其他的花叶只做陪衬，画面主次要交代分明。

在调色和笔触方面，调色不要太"死"，笔触中要有细微的色彩变化，还要利用笔中所含水分的多少使色彩有深浅变化。

表现花卉的质感必须仔细地比较花、枝、叶之间的色调特征，把冷调、暖调或中间色调区别开来，把握好高光与反光，争取把最亮、最暗、最冷、最暖的色调以及变化与过渡恰到好处地表现出来。

总之，画花卉要着眼于整体的神态、姿势和情趣，在抓住总的特征的前提下，做适当的细节刻画，不要画得过于死板，要抓住花卉大的明暗、层次关系，力求画面表现生动，色彩饱满。

花卉　雷杰

玻璃板上的花卉 孙春成

有关文具的试题

广东省美术联考
静物写生：**书夹**一个，报纸一份，有盖的白瓷杯一个，白碟一个，面包一片。
用纸：8开
时间：3小时

福建师范大学
静物默写：旧的发黄**书**一本，**钢笔**一支，深色花瓶一个，玫瑰三枝，不锈钢保温杯一个，眼镜一副，蓝色、白色衬布各一块。
用纸：8开
时间：3小时

中南财经政法大学
静物默写：**画夹**一个，几何体两个，**笔盒**一个，**铅笔**若干，衬布颜色自定，冷色调。
用纸：8开
时间：3小时

天津师范大学（江苏考点）
静物默写：**书**三本，剥开的橘子一个，玻璃杯一个（内盛半杯茶水），蓝色、黄色衬布各一块。
用纸：8开
时间：3小时

南华大学
静物默写：**笔筒**一个，**书**数本，**笔**数支，梨一个，暖色调。
用纸：8开
时间：3小时

重庆工商大学
静物默写：草帽一顶（有模糊红字），军用水壶一个，墨水瓶一个（内插一支**笔**），**书**数本（其中一本翻开），西红柿两个，牛皮纸衬布一块。
用纸：8开
时间：3小时

吉林建筑工程学院
静物默写：**台灯**一盏，眼镜一副，**书**若干本，**钢笔**一支，玻璃杯一个，报纸一张，灰色衬布一块。
用纸：8开
时间：3小时

厦门大学
静物默写：**洗笔桶**一个，**笔筒**一个，**水彩笔**三支，**水粉颜料**三瓶（支），旧书一本，白衬布一块。
用纸：8开
时间：3小时

天津师范大学（江苏考点） 静物默写：书三本，剥开的橘子一个，玻璃杯一个（内盛半杯茶水），蓝色、黄色衬布各一块。

中南财经政法大学 静物默写：画夹一个，几何体两个，笔盒一个，铅笔若干，衬布颜色自定，冷色调。

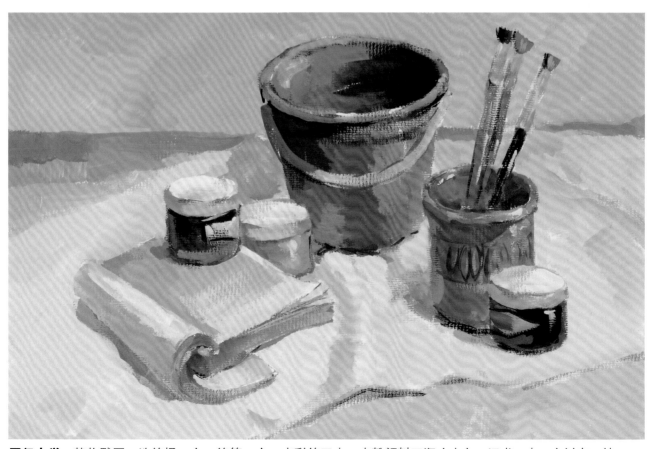

厦门大学 静物默写：洗笔桶一个，笔筒一个，水彩笔三支，水粉颜料三瓶（支），旧书一本，白衬布一块。

文具的画法

文具是较常见的色彩考试题材，在文具静物绘画考试中，基本有以下物品，如：书本、颜料瓶、画笔、画桶、画板、笔筒等。绘制书本时，先应对书本的造型和基本的结构进行分析。书本由封面、封底、书背构成。封面、封底一般以彩色为多，画好封面或封底是画好书本的重要因素之一。在给书本铺色时，应先用大平刷铺画书本的受光部与背光部，封面和封底的用色纯度要高；再用小号笔刻画封面、封底的图形或文字；待颜料干了之后，最后用较干而细的笔刻画出书本的棱角和高光，以及表现出书本的厚度。

以书本为题材的考试有时在考试方式上稍有变化，如：提供多本书，将其中一本打开进行构图。遇到这种情况，一定要把握好书本的形体关系和内页的色彩关系。

绘制颜料瓶时要注意：①颜料瓶一般是硬塑制成的，质感透明而光滑，高光强烈，受环境色影响较明显，笔触表现较弱。②用色要注意纯度变化，特别是画标签时一定要画得整体而有变化。

画板的画法。考试中试卷规格一般为8开，构图时无需使画板占据整个纸面，上色时可用大排刷整体铺上基本的色彩，待快干时，再加绘色彩的变化，以求在统一中体现变化。

画笔的画法。画笔分为笔头和笔杆两个部分。画笔头时用色要稍干些，注意质感、形状和体积感的表现，以正确地表达素描关系、黑白灰层次。画笔杆时用笔要干脆、果断，有力度。

笔筒的画法。笔筒大多数为白底蓝花。在作画的过程中先画白底，待干后再画上花纹，画花纹一定要注意素描关系和色彩关系，刻画不要过于细致，画出大的色彩关系即可。

文具组合　李岸

有随身听的静物　李永昌

石膏体组合　李岸

沈阳航空工业学院
风景默写：《大漠孤烟直，长河落日圆》
用纸：8开
时间：2.5小时

天津美术学院
静物默写：中年头像（男女不限），头裹白色头布。
用纸：6开
时间：3小时

广西师范大学
头像默写：男青年头像
用纸：8开
时间：3小时

浙江理工大学
风景默写：《落日余晖》。
用纸：8开
时间：3小时

贵州师范大学
场景默写：以"灶台厨房"为内容，创作一幅与之相关的色彩静物作品（静物件数不少于五件）。
用纸：8开
时间：3小时

重庆邮电大学
风景默写：《金秋》，要求：前景要有建筑物，远景要有高山和白云，建筑物和树用干画法，高山和白云用湿画法，可以自行添加物件。
用纸：8开
时间：3小时

浙江理工大学　风景默写：《落日余晖》

女青年肖像　席欢

风景、人物的画法

　　风景、人物在考试中虽然不是常出现的，但还是考试的内容之一。

　　风景的画法。首先，确定画面构图。描绘自然风景，首先要考虑表现哪些景物，即画什么。要带着艺术的眼光去观察景物，进行分析，有取舍地选择景物进行描绘，切忌生搬硬套。在画面构图时，应根据主题表现的需要，按照艺术规律考虑画面均衡统一、变化、呼应、对比、透视等内在的关系。其次，确立明暗基调，即画面黑、白、灰的关系。自然界的景物千差万别，繁杂琐碎，要用概括的眼光找出黑、白、灰层次。用色时注意景物前后的空间、层次、透视关系，以及近暖远冷的色彩关系。最后，注意景物的主次关系，有重点地表现构思的主体。一般来讲重点表现的静物应置于画面的主要位置，并使之相对完整，但并不意味着放在画面正中央，那会使人感到呆板而失去生动性，一般情况下采取中心偏移处理，这就需要按照形式美的原则进行合理布局。

　　人物头像的画法。以人物作为考试的内容，主要是考查考生的造型能力与色彩运用能力。作画时应注意以下几个方面。首先是用色彩造型，在画纸上体现空间深度，要准确地表现人物的比例、结构，明暗层次，色彩冷暖对比，质感差异及人物的性格特征，注意对画面整体色调的把握。其次是作画时应根据不同人物性别、年龄的差异来观察模特的外形特征、肤色倾向，并注意背景环境色的处理。头像中最为复杂的部位为额头、脸颊、嘴唇、脖颈，作画时要体现出这些部位的微妙变化。总而言之，首先要抓住人物的基本动态、大体的形体特征、体面关系和明暗层次，再从大的明暗区域着手，认真观察色彩的冷暖变化和关键部位眼、耳、鼻、口的位置关系，以色彩的丰富变化体现出较为复杂的形体结构关系。

天津美术学院
静物默写：中年头像（男女不限），头裹白色头布。